涉过生命的河流

姜维青诗集

姜维青 ◎ 著

长春出版社

全国百佳图书出版单位

图书在版编目（CIP）数据

涉过生命的河流：姜维青诗集 / 姜维青著.
长春：长春出版社，2025. 1. -- ISBN 978-7-5445
-7587-4

Ⅰ. I227

中国国家版本馆CIP数据核字第2024ES7653号

涉过生命的河流——姜维青诗集

著　　者　姜维青
责任编辑　朱　红
封面设计　宁荣刚

出版发行　长春出版社
总 编 室　0431-88563443
市场营销　0431-88561180
网络营销　0431-88587345
地　　址　吉林省长春市南关区长春大街309号
邮　　编　130041
网　　址　www.cccbs.net

制　　版　长春出版社美术设计制作中心
印　　刷　长春天行健印刷有限公司

开　　本　880mm×1230mm　1/32
字　　数　77千字
印　　张　6.125
版　　次　2025年1月第1版
印　　次　2025年1月第1次印刷
定　　价　49.80元

目录

诗人

雪化了等于什么
等于水
这样的回答
可以当科学家
雪化了等于什么
等于春天来了
这家伙就是诗人

明明是小雨
淋遍了全身
却说是打湿了思念
明明是月亮
在云层里穿行
却说那是他的灵魂
在游走

花儿也谢了
草也黄了
他去歌唱流浪的风
以及风中慌乱的树枝

太阳也歇了
蜡烛也灭了
他去歌唱长长的夜
以及夜里奇妙的冥想

厨房里的豆油不多了
老婆已回了娘家
他执着地歌唱酱油
歌唱味素歌唱生姜
还有和老婆的合影

那么多的矿难
终于喑哑了他的嗓子
他不能歌唱悲剧
他想像顾城那样
拿起斧头
但不是砍向妻子
他想像海子那样
在冷冷的铁轨上
完成永远睡熟的梦

但是
他没有

他仍在歌唱
那么多的白眼儿
那么多的鄙夷
他不屑一顾
他歌唱矿工们
挖出的煤
和煤燃烧的火
以及火温暖的
一个个角落

杨靖宇

若是在今天
你一米九几的个子
也许是位篮球健将
为了驱赶一群畜生
你这中原汉子
毅然选择了枪
选择了白山黑水

苦难的东北大地
因为有你这样的儿子
雪原上站立的每一棵树
都是不倒的旗
说的是火烤胸前暖
风吹背后寒
可每次烤火
都是一次奢侈啊
那样会暴露目标
更多的时候
是几百名战士
依偎在一起取暖

用钢铁般的意志战胜严寒
然后，用带血丝的眼睛
向日寇瞄准
射出复仇的子弹

将军，你率领的游击队
有着比东北人参
更宝贵的素质
在特定的历史环境里
熔炼成真金

若是在今天
将军
你也许会成为诗人
你那雄壮的《西征胜利歌》
使多少诗句都不敢媲美
日寇为了要你的头颅
恨不得吞下整个地球
当讨伐队围住你的时候
你仍如勇猛的典韦
无人敢近前

日本鬼子

剖开你的遗体
在看到草根和棉絮的同时
也看到了绝望

将军
你躺在那里
成为中国人真正的标本
挺立在东北大地上的长白山
多么像你伟岸的身躯

滑竿上的中秋节

没有月亮
它还没有上班
当然
也没有亲人
亲人或在旅途
或在远方

坐在滑竿上的我
兜里没有月饼
只有一身旅尘
满脸菜色
在张家界
在金鞭溪
听着哗哗的水声
被两个
比我矮小的男人
颠簸着
要不是因为孱弱
我真的不忍心
那急促的喘息声

使我恨我自己

还不够瘦

哪还有心思

欣赏风景

两副肩膀上

颤动的竹批

使我心颤

花和草在团圆

山和水在团圆

你们也快点儿回家吧

我不愿折磨你们

也不愿折磨自己

卸下我时

我将用

一颗感恩的心

还你们

一个丰盈的中秋

有谁心疼你的痛

一个叫海浪
一个叫礁石
一个一次次扑来
一个一次次挺着

有人说
浪花在礁石上摔碎
是大海在微笑
有人说
礁石迎着海浪的冲击
像坚强的斗士

在黄海，在渤海
在日本海
我不止一次
看过这不休止的斗争
我总在想
有谁心疼过你们的痛

浪花

你能不痛吗

你那柔软的身子

拍在硬硬的礁石上

像撞上了一堵墙

像遇到了一座山

我都听到了你

疼痛的叫喊

礁石

你能不痛吗

虽说你的身子骨硬朗

长得壮实

可谁能架得住

不停止地折腾

浪花们可以

轮番上阵

而你永远是单枪匹马

一次次顽强地击打

使你越来越瘦

你的痛喊不出来

喊出来也被浪花吞没

我知道

我帮不上什么忙
只能心疼你们的痛

当然
也许你们根本就不痛
是我往痛里想你们
自己觉得痛

汶川的樱桃

尤其是在五月，我爱吃樱桃

它们像一个个红精灵在眼前跳跃

在书架上择一本顺眼的书

躺进沙发里，一边让神思奔涌

一边惬意地往嘴里递着樱桃

可自从五月十二日

那个悲惨的时刻降临

我对樱桃就再也没有食欲

我曾提醒过自己，我吃的樱桃

不一定产在汶川，可我知道汶川

盛产樱桃，那是不是我同胞的眼睛啊

红红的樱桃好像在燃烧

如果，灾难不曾发生

五月的汶川，正是亿万只樱桃含笑

水灵灵的川妹子

背着红盈盈的樱桃

会把远方的客人醉倒

如果，没有如果

满山的樱桃在颤抖
像无数颗心在激跳
它们幸福的等待
突然变得那么残酷
每条树枝都像求援的手臂
在苍茫里频摇

今年五月的樱桃
我都将它们看成汶川的樱桃
它们的身上也许带着灾区同胞的汗
也许带着抗震救灾子弟兵的血
我把它们当成一个个崇高的个体
从内心里向它们致敬

点起蜡烛

正在看来自汶川灾区的新闻
突然停电了，想当时五月十二日
地震时肯定也这么突然
黑暗中，妻子摸出蜡烛点燃
立在餐桌上。是的，该吃点儿东西了
这阵子的晚餐总是吃得很晚

蜡烛在火光里流泪，勾起我心里的疼痛
平日爱吃的饭菜觉得索然无味
妻子说，再点支蜡烛吧
那样会更亮些
我连连摆手，我知道
一支蜡烛的阴影里
正好掩饰我无声的哭

窗外的桃花

窗外的桃花盛开之时
我的生日也就要到了
当我的生日真的到了
窗外的桃花却累得谢了
它们像懂土地一样等我
可它们没有办法再继续坚持
也许
这就是我始终
没有桃花运的因由

看着掉在地上的花瓣
虽没有像黛玉那样伤心
可这春天里的凋落
确实让人落寞
这时节
会有无数桃花
和我窗外的桃花
一样的命运
可我叹惜的
唯有我窗外的桃花

桃花们等不及我
是它们先告诉我的
我没有能力也没有工夫
叹惜所有的桃花

一个人看《非诚勿扰》

那天下着小雨
一个人看《非诚勿扰》
窗外悄悄话似的雨声
使影片更加氤氲
我承认我喜欢女主角
但只能说比较喜欢
她还不是我心中
最妩媚的女人

她的两只眼睛离得远
她的鼻梁有点儿塌
她的大嘴像一道伤口
即使这样
你对她也烦不起来
更恨不起来
她只要一走动
你就会发现她的美

她的身姿

好像总要和风配合

和周围的景物相衬

才能展现她的独特

葛优的拿捏

是中国一流的

嚼起来筋道

不经意的忽张忽弛

使女人无法远离

多情的西溪湿地呀

浪漫的日本北海道呀

我今生怎么也得去一次

别人的爱情里

也藏着我

难猜的心事

生命中的女人

女人是水，是很大很大的水
有时是湖，有时是江，有时是海
男人在水里活着
但更多的男人不是鱼

当男人还谁也看不见的时候
就活在水里
水里无尽的营养滋育他成长
男人甚至还没有睁开眼
就急切地寻找水
一种宝贵的液体
使男人渐渐茁壮

都说男人像雨花石
不泡在水里显不出美
那就泡进去吧
泡进去
才露出奇特的花纹
女人不经意间
完善了男人

男人有时感到束缚
总是想摆脱水
水的汹涌
让男人始料不及
男人骑上千里马
拼命地跑
跑到天涯海角
发现那里还是水

柔软的丽江

说一个地方柔软
好像在说一个馒头
有点儿滑稽
去过丽江之后
才觉得用柔软
来形容丽江
真的是恰如其分

石板路
当然是石头铺的
可却光滑细腻
懒洋洋的阳光
照在上面
你感觉那石头就是柔软

柔软的石头
似乎会说话
让你的脚步放缓了去听

挂着大红灯笼的

大屋檐儿的木楼
里面永远藏着神秘
也不知哪扇窗里
飘出纳西古乐
让游子的心
软得想掉泪

室外酒吧
就袒在绿树底下
农家自制的带条纹的土布
把吧桌装饰得风雅无边
享受的人们
慢慢地举着酒杯
可迟迟不送往嘴边
莫非在等着
再来一阵微风
伴着凉爽
悠悠地品

丽江最宜写诗
当然也适合作画
在丽江谈情说爱
更是妙不可言

柔软的丽江
如温柔的女人
男人的暴脾气
会飞到九霄云外

金手指

通过你的手指
递给我的手指
一小捆细细的巧克力
名字叫金手指
抽出一根
放在嘴边儿
我不忍咬下去
联想起你嫩嫩的手
我怕听见
那嘎巴一声

拿在手里把玩
像对待一支香烟
叼在口中吸着
没有烟雾缭绕
瘦瘦的金手指
在空中僵着

此刻
你戴着钻戒的手

也许正潇洒地

敲着键盘

一块块方石头般的汉字

砌成锦绣文章

真正的金手指

还留在你那里

石瀑

水的瀑布不新鲜
新鲜的是石瀑
水的瀑布节奏很急
石头的瀑布
节奏很缓
缓得连肉眼
都看不真切

可它的确在流动
石头表面上
可看到水形的波纹
一圈儿一圈儿
往下漫着
极有耐性

石瀑要和水合作
没有水
也就没有石瀑
水能说动石头
让石头

慢慢地成为俘虏

看到石瀑
我想起女人和男人
想起教育者和被教育者
想起很多很多

宁静

只有在此时

你才能独享这份宁静

小鸟们都休息去了

阳光的手指轻轻滑过

窗帘是你的帷幕

微风偷偷地亲吻

半明半昧

你没有进入状态

稿纸是一只只白鸽

在瞳仁里跳跃

那只挂在脚上的拖鞋

留恋你的体温

这个时辰

你总愿想起

那些可爱的名字

一遍遍地念着

一遍遍地念着

像数着一株株白桦

书们和你一样在躺着

听着你的号令

你每一次轻微的呼吸

都牵着它们的神经

这是你豢养的鸟儿

它们永远不飞走

你的青春之树

是它们眷恋的森林

金鱼在游泳

那是镜子里的金鱼

花儿在开放

那是挂历上的花儿

隐隐地传来小提琴的声音

是在遥远的窗外

黄鹤楼

最美的永远是传说
头一天晚上做梦
自己变成了黄鹤
当真实的梦境
从额头上消失
情感的流云啊
死死地缠住了这琼楼仙阁

黄鹤楼顶端上临风
在喧闹中长久地沉默
我渴望时间是过滤之网
筛出李太白把酒的岁月

熙熙攘攘的人流
从长江大桥
那巨大的现实中涌来
在现实和传说之间
流淌着一条缓缓的河

你难道真的不回来了吗

黄鹤
龟山和蛇山在盼着你
整天踮着脚尖
长江含着泪在等着你
为你温情脉脉

七十五岁的母亲

七十五岁的母亲
虽然腰还算直着
但早已没有了年轻时的刚强
甚至可以说特别软弱
软弱得像个孩子
其实这个比喻
都有点儿轻蔑孩子
有的孩子摔倒了都不哭
我想，这时候的母亲
要是不小心摔倒
她也许会掉泪
并且自己爬不起来

她说她有病
她也确实有病
可她的病比她说的要轻
一次次住院
一次次打点滴
她的意志在一点儿点儿消耗
儿女们的孝顺

生活的优裕

使她非常不愿意死

七十五岁的母亲

但愿你能长寿

可是我清楚

任何祝福都像纸一样苍白

谁都不能万寿无疆

连大人物都做不到的事情

你当然也做不到

老了，同时也病了

这就是严酷的现实

你一定要平静地对待呀

我们当初是为你而活着

你如今是为我们而活着

二伯与老叔

看见二伯和老叔

当然很亲切

因为他们一个是父亲的哥哥

一个是父亲的弟弟

二伯比父亲大三四岁

老叔比父亲小三四岁

可上苍像间苗一样

唯独从中间拔去了

我父亲的那一棵

二伯的眼神里

有父亲的影子

老叔的侧面

像极了父亲

他们说话的时候

我故意不看他们的表情

让那几乎可以乱真的声音

一次次将我抚摸

可越是这样

我越感觉到心痛
有一个真理在我心灵深处
一百个二伯一千个老叔
也替代不了一个父亲

岁月里的某一天

不是岁月里的每一天
都有滋有味儿
岁月这碗汤里
经常没有盐
男人们和女人们
匆匆忙忙在雨里奔走
在雪里奔走
用脚印踩出的无数天
攒着某一天

某一天
你心仪的佳人与你对饮
你会觉得你是皇帝
某一天
你的地位得到升迁
你会在日历上画上记号
某一天的风景是不一样的
不一样的风景
醉倒的却是一样的人
可岁月里

实在没有那么多的某一天
寡淡如水的日子
诱惑着芸芸众生

睡在井冈山

睡在井冈山
是一件愉快的事情
特别是领略了黄洋界之后
拜访了茨坪之后
人一下又变成了孩子

夜里的井冈山
真成了摇篮
摇得人心醉
黑暗里
默念着毛泽东、朱德
陈毅、贺子珍
那些发光的名字
想起作家袁鹰
《井冈翠竹》的一些精彩片段
甚至白天听到的
遍地的革命歌曲
觉得圣地延安
毛主席的家乡韶山
也远没有井冈山的热度

井冈山真是一座革命的火炉
它不停地烘烤着你
使任何人的心都无法再冰冷
红米饭南瓜汤养育的革命前辈
井冈山精神诠释的中国革命
前者永生，后者永恒

不睡在摇篮里
不会有大彻大悟
睡一宿井冈山
之后才能真正长大

错失沈园

已经看到了沈园

它就在马路的那一边

只要再走上几十步

起码能摸一摸它入口的栏杆

然而

一切都来不及了

导游和车上的伙伴

在轮番地唤我

就这样

已经离得这么近了

竟又不得不远离了陆游和唐琬

默诵着《钗头凤》

一遍又一遍

盯着那个方向

一眼又一眼

我梦中的沈园

与你这样的失之交臂

郁闷中夹杂着遗憾

爱情的伤心地

说不准可以为爱情疗伤
尽管风风雨雨
已飘过八百多年

我崇拜的陆游
我心仪的唐琬
你们的灵魂
此刻附在哪一片柳烟
让那园内翠绿的柳梢
向我招一招手吧
但愿我这一次错失
不要成为永远

股票大厅

在机场，在菜市场
都没有这样的人口密度
过春节时的火车站
好像和这里的情景差不多
这帮人说是在玩儿股票
其实心情哪是玩儿那么轻松
他们的手使不上劲儿
他们的脚使不上劲儿
沉重的心理负担
压得他们喘不上气儿
看见大盘红了
远胜过他们曾经喜爱过的红领巾
发现大盘绿了
眼睛也随之绿得像狼的眼睛
心跳一直如初恋时那样
无比激动但更多的是紧张
脑子里全是
成交量、涨停板、总手
这些平常根本不熟悉的词汇
关注自己股票的变化

甚至超过关注老父亲的病情

不过，这是股票大厅
刚开始的情形
现今的股票大厅人已少了许多
有的人经不起折磨干别的去了
有的人家里买了电脑不来大厅了
来的人心态也明显变了
如在钱塘江畔观潮
看累了，看腻了
把惊呼已吞进肚里
有的人在悠闲地打着扑克
有的女人在织着毛衣
更多的人是在扯着西家和东家
漂亮的女股民
当然会接到无数飞眼儿
现在，他们真的是在玩儿了
不知是一种超脱还是一种无奈

铜牛

在这里站立了几百年
没有耕耘过一寸土地
可你却耕耘了历史

睁着湖水般的明眸
看细细的柳鞭
拍打微风
以永不疲倦的姿态
听十七孔魔笛
流出的乡思

默默地
站在那里
在劳动者的眼睛里
站成丰碑

顾草庐

走在通向你的石阶上
我在想
我就是刘玄德
连脚步都不敢显出
现代人的频率
我怕扰醒你的梦啊
先生

三角枫告诉我
黄连木告诉我
先生之魂兮
作岚雾袅袅不散

草庐
当我面对你时
你已经不会说话
我用忧郁的目光
代替献给你的颂词

也许是在早晨

石阶上的脚步并不纷沓
是先生的精神
已经飞出了草庐
还是移情的人们
在去光顾新的草庐

裸露的树根

不知道你有没有性别
反正你不愿意裸体
是谁违背了你的意志
脱去了你的缁衣

风的来临
使你不能不怀念水
滋润的时候
你那么有弹性
像夜里柔软的手臂

有那么多花儿
在阳光下跳舞
你为什么沉默
苍老得如老农额头上
那粗糙的皱褶

外面的世界很精彩
可不是你的世界
你就愿意

死死地抱着泥土
这是你的性格
也是你的哲学

煤

是谁把你压得那么久
那么深
你高低不说一句话
躺着，静静的
做梦，可没有呓语

这个世界温暖再多
也有不够之时
何况这温暖
也有不同的品种
看你的颜色
想不到你能爆发出
另一种炫目的颜色
看你的性格如石头
相信你的坚硬
可看不出你的热烈
你终于发言了
语言是光和火
不像那些出土文物
光会为历史唱歌

名字

都说名字是一个代号
可没有人愿意叫无赖
名字的范畴
属于美学
名字不是帽子
可是戴或不戴
像阳光下的影子
永远跟着你

酒桌上
人们谈论起一个名字
既是肉体也是灵魂
文章里
人们提到一个名字
既是历史也是现实
有时，一个名字
就可赢得一份爱情
有时，一个名字
就能招来一顿毒打

人生时时在天平上
不可轻视名字的砝码
即使飘逝了
也别是一缕烟云

蛇

没进过蛇餐馆
在门外我都打战
阔男靓女们
大吃大嚼的
分明是我的化身

我怜惜蛇
是在它们不能动时
相反的情况下
我讨厌它们

实际上我是怕它们
蛇使我既想起鞭子
又想起恶毒的女人
我紧赶慢赶
偏偏和它结缘
早一年或晚一年
我就会成为
另一种动物

好在它不是我的灵魂
连衣服都不如
朋友们看我
既不毛骨悚然
也不运动牙齿
我为此而荣幸

豆腐

你的白和你的嫩
加在一起就是西施
多漂亮的脸蛋儿
都比你逊色

尽管你的来头很硬
可你的心却极软
即使被捧在手里
你也不喜不惊

尽管你的品位极高
可你的身价太低
那黑不溜秋的海参
总使你愧对土地

最后的草地

那上面当然有羊
当然也有用羊的肉
穿成的串儿
吱溜吱溜的啜饮声
伴着温软的黄昏
在草地上流浪

不远处
是被城市
包围的村庄
黑漆漆的大门
红扑扑的姑娘
都在向这边张望
有一个早晨
很大的声音响起来
它来自一个
叫打桩机的家伙
它坚定地植下希望的同时
也破灭了希望

那位放羊的老汉
不再起早了
也许这些日子里
他有些感伤
最后的草地
掠走一个诗人的梦想
可他呢
失去的
不仅仅是白云一样的羊

吆喝

他的粗嗓门儿
吆喝了半辈子牲口
声音在牛背上飘过
唤起沉睡的泥土
在马车旁萦绕
拉起一路欢歌

而今他腿脚老了
可嗓门儿依然洪亮
喊一声
三山五岳不一定开道
但能有回声

可面对挨着天的大楼
和马群般的人群
他那预习了
几百次的吆喝
却总也没能喊出口
篮子里的鸡蛋
像城里人粉红的脸

透着光泽

远处火车一声鸣笛
他抖了抖精神
搓了搓手
他下定了决心
等火车再鸣一声
他就开始吆喝

香湿巾

在粗壮的手里
被捏得很温柔
轻轻地抹抹
并不怎么脏的嘴角
你的模样改变不大
被搁置的那个时段
你一直心存幻想

从塑料袋里出生之时
你就已经老了
不是处女了
仍会有第二夜第一千夜
而你却没有了下一回

偶感

情人节
父亲节
母亲节
教师节
环境日、戒烟日
这个日，那个日
迟早有一天
三百六十五张日历
都被这些填满

真正的情人
并不在情人节幽会
不孝顺的子女
哪天都照样打爹骂娘
环境日那天
楼上美丽的少妇
依旧往下面散花
老师算老几呢
大概比原先的老九
能靠前一点儿

对吸烟的先生来讲
只有他
离开这个世界那天
才是戒烟日

救心丸

救心丸的发明者
是最应当被感谢的人
最好用葫芦状
为她做一个奖杯

怕被伤害
人容易依赖武器
即使没有枪什么的
弄根烧火棍也行
对于心有病的人来说
前两样没有也罢
最危险的人
常常是自己

火车穿过一个又一个隧道

隧道就是白天里的黑夜
隧道有多长夜就有多长
短暂的阳光像手电筒一晃
就被黑黑的巨口吞下
只好长时间地闭上眼睛
将自己强制地摁在夜里
想想昨天晚上的梦
想想梦里的昨晚
用思绪里浓浓的墨汁
反复书写无奈的等待

在飞机上喝农夫山泉

正在假寐中
空中小姐递过来一瓶农夫山泉
握在手里沉甸甸的
我感觉你好像增加了重量
不，是错觉
是增加了高度

你们在几十米湖的深处
被打捞上来
不管情愿不情愿
都被请到了地面上
一次次组合之后
分别被固定在一个很小的范围里
农夫山泉
不光农夫喝
不是农夫的人也喝
这不，就有人将你
带进一万米的高空
这恐怕是你想不到的
不管刮多大的风

也不能把你吹到天上

可你愿意到天上来吗
愿意离开你的家吗
静静的，你不说话
和你亲吻时
我觉出有点儿甜
也有点儿苦涩

一头牛在高速公路上走着

车子在高速公路上飞奔
黄昏里的江西如诗如画
突然，看见一头牛迎面走来
我的心往下一沉
车子倒是没有撞上那牛
那牛似乎也正走得起劲儿
嗖一声，我们的车子就过去了
回过头，只能看见那牛的背影

这情景搅得我如坐针毡
那是谁家的牛啊
你走的方向是你的家吗
你怎么闯上了高速公路
天将越来越黑了
你的脚步再快也走不出黑夜
况且，天一黑
后面的司机一旦没注意到你
那将是怎样的惨景啊
你的愿望是回家
可你的选择是致命的

回到住地
我还在惦着那头牛
有一盘牛肉的菜
我一筷未动
梦里我和那头牛相会了
它正在一个院子里嚼着青草

景德镇郊区的一幕

在景德镇
看了那么多好看的瓷器
我一件也没有买
我最怕绝美的东西
被不经意地毁坏

可在景德镇郊区
车窗外的一个情景
还是把我的心蜇了一下
那是暮霭中的稻田
有一个农夫正在收割
另外一个人则手拿一根
头上挂着破衣服的长棍
在空中不停地挥舞着
因为离得远听不见
但我感觉到他同时也在吆喝着

离他二十多米的稻田埂边儿
我分明看见两只白鹭
也许不是白鹭

但确实是两只鸟
低低地将头缩着
在那里耐心地等待
是等着农夫喊倦了回家
还是等到黑夜给它们带来机会

这一幕让我不安
因为我做不出正确的选择
我不知道该理解农夫
还是该同情白鹭

假如

在办公室看字
看累了的时候
我愿意看看窗外的蓝天
有时蓝天上有白云
有时没有
有没有我都爱看
那深邃的蓝
使我沉醉

有一天，一架小飞机
在天空里画出一条白线
真是挺壮观的
记得诗人韩静霆为此写过赞美诗
我就不想再挑好听的说了
我这时想起的词叫"假如"
假如
开飞机那小子是我儿子
我看那条白线会那么美吗
记得母亲出远门时
我会挂念

妻子下夜班时
我会挂念
女儿放学晚了
我也会挂念
如果有个儿子
在天上飞来飞去
我不会把那条白线看成彩虹
再说，颜色也不对

家门口的黄昏

家门口的黄昏是很黄的
我说的是颜色
我家的楼和前面的楼都是黄的
再加上黄黄的杏树叶子
落了一地
黄得有些心慌

一个不愿意接受的季节
就这样猝不及防地来了
楼下打了一天的麻将局
倒是还没有停下来
偶然传来的争吵声
给黄昏涂抹生动
有一个老女人在遛狗
那小狗是黑色的
在往矮树丛中撒尿
撒一次没尽兴
再撒一次
它在黄昏里快活地跑着

对面楼里

小卖店的灯亮了

是有人去买烟

大约三十秒钟之后

那个男子将烟点着

对着黄昏狠狠地吸着

有一辆出租车驶来

是东边楼的邻居回家

家门口一溜停着的私家车

使出租车过得小心翼翼

道边的垃圾箱

已经堆得有些满了

最上边不知有着什么稀罕物

一位过路的妇女

足足停了五秒钟

妻子在喊我吃饭

黄昏一下子挪进了屋里

我家黄色的大理石桌面上

两支蓝色的和两支白色的假花

给我提了提精神

晕黄的灯光下

我和妻子显得很幸福

深秋的、北方的
城市的、家门口的黄昏
大概都是这个样子
感觉不是这个样子的人
想必也没有心思
另去写诗

马拉松

根本看不见马
更看不见马拉着松树
马拉松是外国的一片平原
那尽人皆知的故事
我不想复述

马拉松比赛，每次出发时都几万人
黑压压的，像挡不住的潮水
那阵势，好像要发生
一场大规模的战争
所有的人似乎都义无反顾
跑着跑着有些人就迈不动步了
跑着跑着有些人就喘不上气儿了
跑着跑着很多人都没影儿了
有些人则压根儿就没想跑到终点
他们就是想享受一下出发时的虚荣

马拉松出发时的场面
真是一种假象
如果把马拉松比做一项事业

出发时那几万人只能是人
而最后那几个跑出优异成绩
并到达终点的人才是人才

平安果

平安夜的早晨我问同事
什么叫平安果
答曰：平安果就是苹果
当平安果攥在我手里的时候
我发现它和苹果真没什么两样
不同的是它被彩色的塑料布包着
企图增加一点儿神秘

不清楚这是谁出的点子
其实也算不上多么好的创意
这就是将一个经过打扮的村妞
愣说成是巩俐或章子怡

当然，这举动也不乏拥护者
还会被认为极有品位
他家里可能有着成箱的苹果
可还是要买上这改名的
这当然是一种赶时髦
但也是一种无聊
迟早有一天这勾当将进行不下去

何苦呢
和平时代，夜夜都是平安夜
享用任何水果都是平安果

梦露

梦本来就是不会长的
再加上短命的露
那就怨不得阳光和白昼了
因为人的绝美
又像一朵花
即使手不去摘
季节也会

"梦露步态"走掉了一个孩子
至今的所有女性里
也就没有了你的后代
当然也有玩儿被风吹起裙子的
可人们看到的只是裙子
也有拄一把伞翘起臀部的
倒使人想起鲁迅先生
鹅鸭与孔雀的比喻

你喜欢月光下的沙滩
和沙滩上的月光
沙滩上的男人

和有男人的沙滩
沙子一样多的男人
想到的都是吞没你

你演的二十九部电影
几乎没有悲剧
但生活中你是悲剧的女主角
八月四日
是男人们心中永远的痛
梦中的露珠是晶莹的泪水

那是我的病床

护士小姐说了
那是你的病床
于是
我这辈子
就第一次有了病床
这床是专供在上面病的
可它好像也病得不轻
每次翻身
都能听见它的呻吟

一样是床
人家都承载欢乐
也真是难为它了
见到的不是痛苦
就是死亡
有朋友来看我了
我说，坐吧
这是我的病床
朋友不情愿地坐上去了
床发出嘎嘎的脆响

这也是快乐呀
我毕竟还能说话
等我这个符号
变成墓碑之时
肯定有地方躺了
并且已远离了我的病床

散步

散步
在医院长长的走廊
不像戴望舒
那幸福的雨巷
因为没有雨
也就没有
擎油纸伞的姑娘
只有老伴儿在侧
拾着我的苦痛
偶尔停下来和我一起
望望窗外可怜的夕阳

来来回回地走啊
前进完又后退
平时我最不喜欢这样
即使是瞎走
也不愿从原路走回来
但这回病了
人生路也就没有那么漫长
能退回去更好
我留恋往昔的时光

诗仙曲有源

诗仙不独姓李
你这姓曲的
应算一个
酒虽说没有古代那位
喝的甚
但那玩意儿
不是赢得称号的
唯一要件

你的眼睛不小
但一般情况下
总不愿往大睁
是不是让睫毛
离得近些
便于逮住佳句

冬天的水
本来是吓人的
你倒偏去亲近
光着膀子

在冷湖里扑腾
一千多年前那位
做不到这份儿
大概温度低点儿
好诗方能保鲜

你的头发
从来都是蓬乱着
可灵感
愿意在那里絮窝
你只要轻轻搔一搔
就接通了你独特的艺术

你六楼的书房
和大烟囱比肩
为的是多揽月光
在有花香的阳台上
酌一壶老酒
邀来孤独

尽管路上有坎坷
你每天仍坚持长跑
不像过去不注意脚下

如今你不再昂着头
开什么讨论会时
你很少白话
可你的白话诗
真的可以和李白对话

做灯泡的女工

诗人沙鸥
赞美做灯泡的女工时
你还很小
你真的去干这行当时
沙鸥先生
已经有些写不动了

可你的灯亮了
亮得有些晃眼
比星星还晶莹的诗句
为大地争了光

橡树
倔强地挺立着
鸢尾花
唱着忧伤的歌
神女峰上的神女
在梦中相约惠安女子
那一年七月
也没有成为心烟

鼓浪屿的涛声在响
相思树边的钢琴在响
唯有你静如止水
可你发光的名字
照亮这座小城

少林武校里的少年

少林寺周边有很多少林武校

在一个很大的操场上

我拍到了几百个在那里练武的少年

远远看去，他们真像军营里的士兵

就是不像学校里的学生

我无法揣测他们来自何方

出于何种目的聚到这里

是崇拜李小龙、成龙、李连杰

还是少林寺的名声将他们从书桌前拽走

看着这生龙活虎的一群

我一点儿也不为他们骄傲

心底倒是生出一丝悲凉

和平年代哪里需要那么多习武之人

难道都想给大款去做保镖

高科技时代使武功大打折扣

再好的功夫也抵不过一枚枪子儿

军事专家说，以后陆军的作用小了

林冲和武松再世也只能当炮灰

我发表这样的言论肯定会惹人生气

说这些孩子在弘扬中华文明

我倒是给这些习武的孩子找到一条出路

那就是将武功和足球结合在一起

将来从他们当中选中国男足队员

带一身好拳脚上场去角逐

用顶碎过石头的头去攻门

用踢折过小树的脚去远射

站在那里使对手如同撞上铁壁

关键时刻用气功将对方的射门导偏

我就是这样期望这些孩子

不知道他们对自己有没有这样的想法

那么鲜嫩的青春总不能白白浪费呀

何况他们父母交的学费上还淌着血汗

我总是留恋这样一些时刻

好不容易熬过了单调的冬天
都盼着柳梢早一天呈现绿色
我办公室的窗外就有好几棵柳树
每年春天来时它们的微小变化
都会给我带来惊喜
可当柔软的柳丝刚泛出
鹅黄，我急切的心情
突然变成留恋。我盼望着
春天早一点儿到来，可又想着
能不能再稍慢一些，来得太快
也会走得太快呀

买来一本好书，一本渴念已久的书
理应打开来速读
可我往往会将书拿在手里
摩挲很久，迟迟舍不得翻开
一锅红烧肉已经做好了
我也馋得流出了口水
可我总是不愿马上去揭锅
我强迫自己再挺一会儿

不要让好事来得太急
同事们都说我是个急性子
慢慢腾腾不是我的风格
可有一些时刻我常常犹疑
完全像迷失了自己
我这另一面也曾经让我付出过代价
使我在一些春天里错过花期
但后来我发现，这种意识
已让我惯得不可更改
它将像影子一直伴着我前行
有一些令人激动的美妙的
使人销魂的终生难忘的时刻
我总愿在它们的前一分钟里逗留

怀念我的酒量

怀念我的酒量
觉得像怀念一位亲人
并且是一位永远也见不到的亲人
这想法经常使我沮丧
年轻时是可以打一打篮球的
怎么看也像个男子汉
啤酒白酒掺着喝也没啥
只要不加敌敌畏就行
那时的自己觉得硬朗
柔软的液体很难击倒
再说写诗和喝酒相伴
本身就是浪漫的人生
而今，酒量跑掉了十之八九
常使我在酒桌上惭愧不已
诗人还当着，酒功却废了
没有人还指望我能追赶李白
连女同事们看我
都现出诡异的目光
好在我台球还能玩儿玩儿
比赛时成绩也不错

腕力虽说比以前小了不少
但一般的男人还不是对手
我常常拿这些抵点儿酒量
提高点儿男人指数

我总在想
只要是不开车
能喝酒时不妨多喝点儿
当你有一天喝不动了
你会觉得丢失了一件宝贵的东西

喜欢看雨落在湖里

最好是站在十层高楼里的窗前
最好湖畔上有少女长发一样的柳丝
最好那天我有着莫名其妙的心绪
我喜欢看雨落在湖里
雨当然别太大但也别太小
太大则显得气势汹汹
太小则有些哼哼唧唧
不大不小的雨落在湖里
把湖溅出无数个酒窝
我会感觉它们是在联欢是在团聚
可又像是一粒粒种子
有谁把它们
一个坑儿一个坑儿地往湖里种着
寂寞的它们像回到了故乡
每一声思念都渴望发芽
最美妙的是这雨能延伸给夜
我也只能靠耳朵去倾听
它们爱得别致，爱得柔软
它们相约着长胖长高
我的眼睛一直盯着那刷刷的声音
也有水一样的东西想融入深湖

贵州息烽集中营的绿草地

这一片绿草地
我不敢去抚摸
更不敢在它上面留下脚印
我看见绿草间细碎的小黄花上
分明还醒着先烈们的灵魂
已经破旧的篮球架
倒像一台巨大的照相机
在执着地拍着凄风苦雨侵蚀过的历史
歌声与微笑抚慰过的岁月

导游说，这里是当年
先烈们放风的地方
他们被带到这里时
起码真的可以见一见风
见一见想念的太阳

这里肯定是一个小小的篮球场
坏蛋们在这里打发罪恶的时光
放风时英雄们的足迹叠上去了
这地方一定会被踩得很光很亮

他们显然不可能有打球的权利
可他们的心可以一次次飞翔

今天，这个废弃的篮球场
这个放风之地绿草竟如此茂盛
茂盛得让我一时缺少了想象
我不想说那是先烈们的热血化作了肥料
也不想说那是他们不死的青春在延长
也许，这里就应该是一片绿草地
它就应当像现在这样安详
此刻，绿草和小黄花们
仿佛在微风里睡着
睡吧
睡吧
覆盖你们的是和平的阳光

兵马俑

在中国旅游
本意是去看风景
可走到哪里，看到最多的
还是人，人成了看风景的障碍
但到了西安
却不得不主动去看人
而且是一群被称作兵马俑的假人
兵马俑们个个精神抖擞
好像在为见了天日而暗自庆幸

中国人有什么好东西
都愿意藏起来
在地下埋着这么多的兵将
想必把它们当成了金子
今天，它们虽然没变成金子
但也成了摇钱树
指望它们打仗绝不可能
它们只会赚钱
谁看它们一眼都不能白看

并且你还拿不走它们
它们不是商品但胜过商品
它们是艺术但又不仅仅是艺术

上课

凌晨两点三十分我就起来上课
教我的是十一个西班牙人
还有十一个德国人
我的同胞有十三亿之众
但是他们之中没有我的老师
我的外孙才两岁
不然我也让他学学
我相信我自己学了也白学
学着学着变成了欣赏
渐渐由欣赏变成了无奈
最后由无奈变成了绝望
这是一门儿再过五千年
我们也学不会的艺术
我在心里暗暗发誓
外孙长大后也不学这玩意儿
我让他去搞第五大发明

亲近未名湖

眼前的未名湖相当有名
却取了个这么谦虚的名字
足见北大之襟怀
靠近那水边，我这有真名实姓的人
不敢对湖说出自己的姓名
我怕这湖水里没有储存我的信息
湖不是未名的湖
我才是未名的人

三十多年前那个高考的夏天
我曾为这个湖流过汗
把自己的名字和还算可以的成绩
一起告诉这湖
并不太旧的更衣箱给了别人
床底下的书箱子也已经捆好
就等着到这湖边去皓首穷经

然而，我到老也没弄明白
光溜溜地被检查了身体
最后也赤条条地输了个精光

我没有福分走近这湖
这湖也就一直涌荡在我心灵深处

自学，疯狂自学
没有北京大学的八百多万册藏书
咱可以借书买书读它八千册
也用人工自己挖一个知识的深湖
让读完北京大学历史系的伯父家的二姐
邮来她所学的全部教材
我要当一名北大的编外学生
看陈独秀、李大钊、蔡元培的传记
北大年轻学者的文字也令我着迷
写诗写散文也写报告文学
写着写着终于写成了作家
读尼采叔本华也读马克思
在名家的鸡蛋里挑出骨头
虽然不敢自称为学者
可很多学者说我有学问
读书差不多破了万卷
没有枉度一寸光阴

我以我自己的方式读完了北大
不然我都没有面目来拜见这湖

正是阳春三月，岸柳刚刚吐绿
湖光塔影映衬着我复杂的心情
一湖静水脉脉无语
我在湖畔默默无声

比鲜花还芳香的嘴唇

伊迪斯·沙恩
听起来有些生疏的名字
要直接说起《胜利日之吻》那张
经典照片，那位被吻的白衣女护士
全世界的男人都不会忘记
她那比鲜花还芳香的嘴唇

一九四五年的八月十四日
纽约时代广场
日本投降的特大喜讯
使这里的人们疯狂
参加游行的一位十八岁的水兵
按捺不住燃烧的兴奋
将二十六岁的女护士搂成弧形
把滚烫的吻痕印在她的唇上
伊迪斯·沙恩
根本没有思想准备
她甚至都没有时间看清小伙子的模样
可是她顺从了
顺从得心甘情愿

尽管那吻很长很长
那是一个值得纪念的时刻
她清楚，那时她的嘴唇
会胜过鲜花的芳香

吻过她之后，小伙子就走了
他们之间没有发生浪漫的故事
他们的吻是献给胜利的
胜利就是最高的爱

照片上的伊迪斯·沙恩
我们根本看不清她的脸
她的嘴唇也被小伙子的脸挡住
只有那弯月般迷人的身材
雪白的裙衫里纤秀的双腿
向外透着青春的气息
那一瞬
她是地球上最漂亮的女人
她的吻献给了全世界
她的爱献给了全人类

九十一岁的伊迪斯·沙恩
在二〇一〇年的六月二十日去世了

上帝带走她的玉体
也带走了她比鲜花还芳香的嘴唇
永远记住那永恒之吻吧
伊迪斯·沙恩的芳香
将一代一代浸润后人

没人说是美丽的

大烟囱
由于和天很近
人们不得不仰视它
因此它腰板儿
拔得溜直
连喘口气儿
都像要把天
吞下去似的

后来，人们
发现了它的毛病
像玛拉沁夫
不再赞美沙漠一样
没人再歌唱它

大烟囱很伤感
但它又弯不下腰
高处不胜寒啊
虽然每天都在工作着
却没人说是美丽的

残雪

黑靴子践踏
黑皮鞋践踏
终于将你变黑
变黑了
你们倒团结了
像冰那样
死死地聚在了一块儿

推土机扬起巨臂
将你们兜底铲起
这时的你们
就是一堆垃圾
不论你有
多么好的出身
这就是最后的事实

上网

蜘蛛早就上网了
人落后了很多年
曾经有诗人说
生活是网
网确实成为
今天的一部分生活

不知道的信息
太多了
知道多了
又觉得没意思
还是回到了
最原始的需求
你又去寻找女人
网上的女人
很美，很性感
一下子就网住你
你成了网上的苍蝇
蜘蛛比人高明的地方
就是网粘不住自身

假如天上没了月亮

干吗要做这样的假如
因为有人要炸掉月亮
真够大胆的了
这想法本身就在放着光

说气候变化
海底地震
都是月亮惹的祸
炸掉月亮
地球会更安详
可月亮
毕竟不是敌人的碉堡
怎么也恨不起来
多少年来月亮的温柔
倒是温暖过
亿万人的心房

炸掉月亮
那嫦娥到哪儿去呀
还有那玉兔

和可怜的吴刚
李白和苏东坡
能不能发怒呀
贝多芬会不会
感到悲伤
再到八月十五
还赏什么呢
只能捧着圆圆的月饼
怀念月亮的形状

假如天上没了月亮
人类自己
就得发出更强的光
可没有月亮
人类还能有吗
我总在这样痴痴地想

历史

历史这位老人
不仅哑巴
而且健忘
什么事儿
他没法说
过去也就过去了

乐意演绎他的
自认为最明白他的
都是些
自以为是的人
抓住一把
他吃剩的骨头
就去揣测
他的风貌
捡着一根
他捻断的胡须
就去猜想他的年龄
实在不耐烦了
就以游戏的方法

胡说乱说

历史老人
虽然不会说话
而且记性不好
但他的心里有数
他知道他出的谜
没有人
能真正猜对

蜜蜂和苍蝇

蜜蜂和苍蝇
其实是很像的
不似孪生兄弟
说成哥们儿也行
人们对它们的认识
是逐渐提高的
你去驱赶苍蝇
苍蝇并不烦
三番五次老缠着你
尤其是你眼前
有食物的时候
它更是和你恋恋不舍
蜜蜂则脾气很暴
别说你去驱赶
就是你到它家门口
去走一走
不是让你带伤而归
就是让你狼狈逃窜

可最后人们还是把爱

许给了蜜蜂
不随和
但能酿造甜蜜
总比温和
但制造罪恶要好

太阳与大海

存水最多的地方
是大海
存火最多的地方
是太阳
太阳每天都想烤干大海
大海却每天都拥抱太阳

书架上的骆驼

书架上的骆驼
总是那个姿势
把它撂在那儿几年了
也不见它跋涉
当初请它来时
是讲了价钱的
它也许
嫌我不够尊重它
因此选择静止
并且沉默

我的处境
和它也差不了多少
活在世上
也是被人挑来拣去
也是被摆在
一定的位置
我至今都弄不清
是喜欢绿洲
还是喜欢沙漠

破烂儿

细雨中

传来收破烂儿的声音

猛然想起

家里的破烂儿

已在前天的细雨中卖掉

如果再卖

也只能拿我

现在正在乱写的这首诗了

细雨既然天不要了

就是天丢下的破烂儿

可对庄稼而言

却是比油还贵的宝贝

那么

我这首诗呢

到收破烂儿的那里

肯定轻如鸿毛

尽管上面有一百多字

在那杆秤里

想必称不出分量

朋友

树叶无可奈何的时候
风是它们的朋友
既然已经苍翠过了
就不必再逗留

大雨无边无际的时候
太阳是它们的朋友
泪不要淌得太多
也不要流得太久

琴弦寂寞的时候
手是它们的朋友
那真诚的抚慰
比什么都温柔

朋友远离的时候
自己是自己的朋友
让心永远亮着
就会有绿洲

蝴蝶标本

和耶稣

被钉在十字架上

极其相似

可一大帮人

却远道而来

美其名曰

来欣赏什么美

是曾经美过

那是在菜花上盘旋

或是和蜜蜂

嬉戏之时

单凭那动感

煽出的意趣儿

就会使所有人

怀念他的童年

被扼杀了生命

还被展览尸体

太残酷了

如果说这叫美

那也是美得可悲

这样的纪念

有位诗人一憋屈
就投了水
死得有些冤
他进去的那条江
头一个字有些深
没文化的人
不是读错
就是不敢念
他逝世的那天
后来被定为端午节
人们吃粽子
赛龙舟
说是作为纪念
吃粽子之人
都是笑容满面
赛龙舟的
撒欢儿得更像兔子一样
没有人下跪
没有人祭奠
这样的纪念
令人心酸

遛狗的女人

狗永远那么白着
你或者红着
或者不红不绿着
为狗作着陪衬

唯一和狗相似的
是你的头发
在风中一甩一甩的
像无奈的白旗

岁月变短了
尤其怜惜生命
小狗年轻的眼神儿
吸引你的眷恋
无数次伤心之后
小狗成了你儿女的儿女
尽管它不会叫你什么
可它不会背叛

速写父亲

父亲其实就是

比你大二十多岁的男人

在母亲的导引下

你记住了他

并且发现

他越来越像你

父亲也有胸脯

比母亲还宽呢

只是没有奶水

这一点

常常是你疏远父亲的理由

父亲和谁争

也不和你母亲争

父亲的耐性

伴着你成长

后来以至大后来

你渐渐懂得

父亲

其实就是你在外面

被欺负时

第一个想起的那个人

就是在大雨里

把外衣披在你身上

而自己光着膀子的那个人

是送你时不流眼泪

而总在墙角拐弯儿处

回头看你的那个人

是听无数支

歌唱母亲的歌曲

而一点儿也不忌妒

却常常想起

他自己母亲的那个人

登高

在王维先生之前
也有人登高
可使登高富有诗意
真是在王维之后
山东有处文登
据说
就是因文人登临而留名
向往高处
是人的本性

除了摸过泰山的头
也曾在飞机上踏过白云
如今却把几十级楼梯
视为极顶
好在心可以登高
瞧风中燕子翻飞
看夜里星星眨眼
登高的事儿
就转给了它们
再就是把看过的书

和写出的书
摞在窗台上
让它们在视线里一步步登高

草的悲喜剧

其实你真是春的使者
最早传递着春的消息
可你远没有庄稼重要
填饱肚子
要比欣赏更有意义
天连五岭银锄落
砍的就是你

可只要远离庄稼
你就有了价值
即使被牛马啃着
也没被置于死地
在高尔夫球场
人们亲切地叫你绿茵
高楼中间的草坪
更是城市漂亮的装饰
草啊
看来不在于你的自身
在于你的位置

川妹子的背篓

川妹子漂亮
川妹子背上背篓
则会使漂亮减了几分
首先背篓使她们不得不弯下腰去
胸脯也就自然不能高挺
有那么大个东西在背上晃悠着
走路的姿态也丢了些美感

川妹子上街
大多都背着背篓
有的背篓里是空的
见了块砖头扔进篓里
见了根铁丝也不放过
有的背篓里背着青菜
有的背篓里熟睡着婴儿
大概是走在回娘家的路上
她们走得不疾不徐
热汗打湿了她们的鬓角
她们不时用手轻抿一下

看见川妹子背着背篓
我除了尊敬也有些心疼
男人们为什么不背
这有些累赘的背篓
反倒让水灵的女人
糟蹋她们的美丽

也罢
或许男人们有更重的负担
川妹子只能永远背着这背篓
她们看上去是不觉得辛苦的
好像有希望就在前头

两个妹妹在荷花前

两个妹妹在荷花前
笑得一点儿也不灿烂
或者说稍稍有那么点儿笑意
二妹妹的嘴角还透着一丝清苦
我不知道她们见没见过荷花
见过，恐怕也是在电视里

背对着满湖的荷花
她们没有显出多么激动
难道仅仅因为
她们错过了和荷花媲美的年龄
乡间劳碌而枯燥的日子
哪有那么多想花的心思
从花季少女到嫁为人妇
更多的是柴米油盐吃喝拉撒
如花的年纪渐渐变成半老徐娘
想花，就只能多穿几件花衣服
让那些花在身前身后开放
别人看上去是一种温暖
自己觉着是一种簇拥

鲜艳的色彩
点亮平淡如水的生活

两个在荷花前的妹妹
被荷花的阵势吓住了
她们熟悉的赶鹅喂鸡
还没在意识里跑远
妹妹呀，妹妹
这只是人生的一处风景
谁也做不到让所有的日子里
都开满荷花

三十年前的那棵柳树

三十年前的那棵柳树

现在已长得相当粗了

在我的感觉里你好像还能再粗些

三十年，毕竟是一段相当长的时光

那一年，也是七月，也是二十几号

热恋中的我们

和你留下第一张合影

记得那时你还十分纤细

只是垂落的柳丝已很稠密

我们在你面前从容地站定

都把这看作一种缘分

以后的日子里每去南湖

都要在你面前站上一会儿

看着你在一年年长粗长高

心里有一种说不出的喜悦

我不想简单地将柳树喻为爱情

何况树和人毕竟不是一个品种

一起在生长着、呼吸着

这就比什么都好

一池荷花伴你舞着微风

我们会常来看你的
你也会飘进我们的梦
你的每一片绿叶上
都停着我们的眼睛

一本深奥的书

大海
是一本深奥的书
风
学而不厌地
翻阅了千千万万年
似乎还没有读懂

没有春暖花开

面朝大海

没有春暖花开

这样的季节

诗人海子会失望

秋风一遍遍地说着寒冷

岸上的叶子们一个个投降

细看大海

还是先前那个模样

大海不在乎

有没有春暖花开

它汹涌着、奔跑着、歌唱着

它永远不担心死亡

它的现在也是它的未来

书房里的竹子

书房里的竹子
被妻子养得郁郁葱葱
看书看得疲劳之时
我的目光乐意在那里歇脚
它们挺直的腰杆儿令我羡慕
修长的叶子也使我喜欢
一叶一叶紧挨在一起
组成蓬勃的一群
开窗的时候风涌进来
叶子如秀发一样飘扬
并有一股好闻的气息
随着好听的声音向心头蔓延

我相信植物都有性别
我更相信竹子属于女性
记得成都的望江亭公园
陪伴薛涛的全是秀竹
我把竹子放在书房
是想冲冲我的刚性

闲时观观清竹之态
自然地祛除无名之火
让生命之树常青

知青们的车子来了

知青们的车子来了
是运牲口的高栏卡车
生产队长敲着一只破锣
代替全村人的鼓掌

老头儿老太太拄着棍儿出来
要看看城里的娃子啥样
大姑娘小媳妇们挤到前面
不时地传来一阵阵笑声
我那时还是一个十四岁的少年
懵懵懂懂地混在人群当中
我不知道这些哥哥姐姐们来干什么
猜想他们是不是犯了错误
看到他们每个人脸上都挂着微笑
卡车上卸下一片欢乐
我的十三岁的伙伴儿王三洪子
在欢迎人群里独树一帜
他光着大腚还一个劲儿地蹦高
唯恐那些陌生人看不到他的裸体
终于有一些人看到了

最后一车人全看到了
这本来令人好笑的场景
却使知青们脸上的笑容消失了
一根无形的刺
刺痛了他们一生

他没有了生日

他的生日没有了
日历上已经不再画圈儿
有时到了那个月份
也会突然地想一想
想一想就算为他过了生日

他创造了我那天
我有了生日
亲人们接力似的为我祈祝
一年又一年
我在幸福地轮回
我有生日时他也有生日
温暖的日子像只大碗
盛着我们的欢乐

如今他的生日
虽说还在岁月里待着
可在他的生活里没了
他带走了那个日子

那个日子也就再也没有酒醇饭香

那个日子渐渐变得模糊

渐渐被日子遗忘

同学少年

曾经是同学少年
如今是同学老年
各自的孩子
都比自己那时大了
谁曾心仪过谁
这时也不再羞涩
埋藏了那么久的追求
何不一吐为快
成了大款的虽说牛皮哄哄
威风还是减了三分
他清楚这堆人里
有知道他八岁还尿炕的人

混得不怎么样的
怎么说也有些蔫头巴脑
于是，就狠狠地喝酒
喝透了也会变得牛皮哄哄
谈论最多的是孩子
谁家的有出息谁脸上有光彩
很少有人打听对方的配偶

谁都不乐意听到陌生的名字

分手时有人开着豪华车走时
想要捎上几个顺道的
竟都说要到别处去办事儿
走着走着各自散了
谁也不知道谁之后去忙什么
有的去拐弯儿处招手打车
有的去找藏在墙根儿的自行车
有的干脆迈大步走了
说吃多了正好消化消化

曾经的同学少年
站在同一条起跑线上
跑着跑着
他们就拉开了距离
始终拉不开的
只有他们的年龄

活在唐朝的李白们和当代的我

有一阵子我总想活在唐朝
对诗仙李白等羡慕不已
若是真的能梦想成真
那我会快乐得像个孩子
即使做不成李白的知己
在门下当一个小支使也行
要不给杜甫展纸磨墨
让先生的激情直泻笔端
或者陪白居易在西湖边徜徉
随王维在茱萸峰插几株树也不错

最近我又不想去唐朝了
一想，唐朝也没啥意思
李白现在是名声显赫
在唐朝时他也不得烟儿抽
不得志时就说不事权贵
天子呼来不上船
杜甫也好不到哪儿去
老病有孤舟，只活了五十几岁

白居易、王维得意一点

也只是吏禄三百石，清泉石上流

我活在当代，虽说江河没有那时清了

可黄鹤楼比那时高了，酒也比那时醇了

冰箱和彩电怎么说也离不了了

诗歌的诱惑很难再代替它们

我也就越来越不想念唐朝

甘心活在充满污染充满焦虑的当下

我的诗肯定不会像李白那样千古流传

再说，中国也不能老是诗的时代

有那么几个偶像在那里矗着

显得咱中华民族有文化就行

况且，我也一直在写着

我的姿态也毕竟是一种坚守

等待考驾照的人们

等待考驾照的人们
像难民流浪在一起
有的大清早就赶来排队
有的在外县，头一天就来到这里
不知为什么
他们一直在吵吵嚷嚷
一个光头汉子站在人群里
不停地爆着粗口
那吵嚷声似乎减弱了一下
之后又重新掀起波浪

天气突然变得凉了
他们被冻得哆哆嗦嗦
兴奋和紧张
更是使他们无法平静
当年他们的父辈分到一张自行车票
高兴得像天上掉下馅饼
今天他们在争取驾驶汽车的权利
这是一种划时代的进步

他们一个个被呼唤着名字
怯生生地走向考场
憧憬着梦过几百次的飞腾

掰着指头数一数

掰着指头数一数
有很多朋友已经作古
他们的影像已不大清晰
或者说模模糊糊
活着时我们挤在一起
在时间的严冬里取暖
每个人的笑容
都能给彼此增加温度
而今，总是有人被无情地拽走
心里像被抽空，有些站立不稳

活着的人像森林中的树
幸运的是斧头暂时还没有砍向自己
前后左右惊天动地的轰响
像一次又一次敲着警钟
有时突然想视死如归
有时对活着有些不舍
人都是在不舍中归去的
归去的又让他的朋友们掰着指头

在海边

你就是大海的女儿
那浪花像你一样又白又胖
圆润、丰腴
分不清是你还是浪花
好在你那头乌黑的长发
常常暴露目标
长发上红蝴蝶似的发卡
也幽灵般在浪里出没

剔去了许多多余的东西
你的美更加彻底
及地长裙曳起的清风
高筒皮靴敲出的妙曲
都被忘情的放纵淹没

在海边
你的孩子气
你的永久挥霍不尽的妩媚
像海浪一样不可阻挡

又见炊烟

又见炊烟,在我的家乡
不是在黄昏
而是在冬天的一个早上
邓丽君和王菲在我的想象里
我的想象里
炊烟在微风里上升
好久没有见到这生动之气了
不是不食人间烟火
而是我的生活里已没有炊烟

白雪罩护着整个村庄
宁静的乡村已经醒来
那些勤劳的主妇们
此刻正在锅前忙碌
抓一把冰凉的玉米秸
填进灶坑里
火柴点亮了喧腾的灶膛
也映红了她们倦怠的脸
柴火要是太湿
灶坑会不住地往外冒烟

往往要跪下用嘴去吹
眼睛会呛得流出泪水
灶坑要是不大好烧
还要用笤帚去煽
弄得满屋都是烟味儿
主妇在烟味儿里不停地咳嗽
我的姑姑、我的母亲
就曾经这样制造过炊烟
她们那痛苦的情状
深深地嵌入我的记忆

几十年过去了，我的乡村
你的炊烟背后
还在重复昨天的故事
炊烟袅袅
我看不出一点儿诗情画意
我默默地温习一下那首歌
感到有些微微的心痛

狼牙

我的脖子上挂着一颗月牙形的狼牙
我像戴纪念章一样戴着
尽管小说《狼图腾》当下很火
我还是讨厌狼这个吃羊的家伙

这颗白色的狼牙
不知是谁的战利品
它成为我身上的饰物
想必过程也不会太简单
狼尖利的牙是专门善于咬脖子的
这回它的牙总挨着脖子
可却无能为力了
每每想到这一点
我就高兴得想蹦
像从敌人手里缴获了武器

在海边背回石头

螃蟹、海胆、蚬子之类
只能反复装进肚里
要想记忆大海
还得是石头

每次去看大海
石头都填进我的行囊
不认为是装回了整个大海
起码是装回了一部分
整天与大海耳鬓厮磨的石头
它们的身上有大海的元素
它们的骨子里有大海的灵魂

大海给它们刻下了好看的花纹
好看的花纹吸住了我们的眼睛
这莫非是大海的良苦用心
为远方的游子献上礼物
我们一次次俯下身去
为美折腰、为爱折腰

它们趴在我晃动的脊背上
我能听出它们清脆的耳语
它们在说着笑着
跟着我做愉快的旅行
它们心里有数
无论被带到哪里
它们的美丽、它们的坚硬
都能保持到地老天荒

诗人之死

没有人看见你真正的死
但据说你真的死了
百货大楼门前那个卖报的
是"据说"的源头
据说你的死法也相当不雅
先是在百货大楼前裸奔
继而被警察抓住
之后是从自家三楼坠下
死在四平的精神病院里
我不知道这是不是最后的事实
总之，你的死被演绎成这个样子
几年后我来为你写一首悼诗
当作不是怀念的怀念
恐怕没有人会怀念你
包括已经死在你前面的父亲
如果他活在今天并已知道你的死信儿
他都不会掉下一滴眼泪
在绝大多数人的眼里
你是一个疯子，一个不知廉耻的乞丐
整天蓬头垢面

在大街小巷蹲守或游走
看见熟人就一次次要钱
一次次出卖自己的尊严

我经常透过办公室的窗子
看见你在道边茫然地走着
我不理解一个诗人
怎能落魄到这步田地
你的劣行把诗人的形象都破坏了
连我都不敢自称为诗人

是的，你真是一个诗人
而且是一个不错的诗人
你留下的那些滚烫的诗句
至今也不难摸到诗的温度
问题是你已经因诗而成名
继续走下去就顺理成章
有尊严地写诗，有品位地活着
谁都不会给你以白眼儿
比你丑的诗人大有人在
关于你的长相
有人说你像毕加索
有人说你像爱因斯坦

可没人说这两位奇丑无比
看来你的丑还是来自你的行为

你本来可以做一个有棱角的诗人
你又偏偏有着当官的梦想
当官不是为了为人民服务
而是为了能一次次得到漂亮的女人
你急于出名而犯了天条
天条大大煞了你的锐气
你渴望女人身边恰恰缺少女人
你对这个世界或者说这个世界对你
越来越少了耐性
你完全应该好好地做个诗人
你写作后期连小说也写得很好
当上了作家，写出了优秀的作品
你一定会生活得不错

但是你却一直错下去了
断然地扔下了你的笔
今天说某某厂长的女儿是你媳妇
明天又说某某影星和你正在热恋
而你却在马路上沿街乞讨
连自己的温饱都难以保障

何以再养得起别的人

你在一天天苟延残喘
作为一个诗人你早已经死了
你真死了的时候
全城的人只是觉得少了个疯子
熟悉你的人也受够了你的叨扰
卸去了一份负担

你的死真的是轻于鸿毛
想当年，你也曾深情地歌唱过这块土地
可你在这土地上竟无所作为
连土地上的小草
都为扮美车城做过贡献
而你只留下一个孤独的背影
一段段关于你的烦人的故事
一个和肉体一起死去的灵魂

达坂城的姑娘

在达坂城，已不容易看到姑娘
辫子长的就更难寻找
两个眼睛真漂亮的
也不知去向哪里
马路不太宽但还是挺平的
西瓜也挺大，甜不甜
就不好说了

倒是看见一些达坂城的老姑娘
已看不出当年的风采
她们的目光也暗了
辫子也没了
只剩下风霜刻下的痕迹
达坂城确实令人向往
可来到达坂城看姑娘
肯定会失望
也不能怨王洛宾欺骗了你
每个人的心思都是一样的
最美丽的永远在最遥远的地方

在火焰山前想雨

七八十度的地表温度，烤得我们
个个大汗如雨。天空都被映得
有些微红，可天空为什么不出汗
火焰山前虽说没见火龙飞舞
仍觉得火在心口上燃烧

就是不停地想雨
难道雨是在要下的时候
被烤干了吗？听导游说
吐鲁番最长的纪录是
三年没下一滴雨，天呐
雨像一个走失的孩子
找不到回家的路
吐鲁番人盼雨一代代地盼老
他们不再仰望天空
将目光转向别处
他们拼命地挖坎儿井
向戈壁滩要雨
他们疯了似的栽葡萄
种西瓜，因为那里面藏着雨

连维吾尔族人的毛驴儿车篷上
都有绿油油的葡萄挂着
起码它们也能散发一点儿湿气

仍然是不停地想雨
想起西子湖畔打伞漫步
想起家乡的夏夜雨打柳丝
雨呀，本来就是一个老朋友
时不时就要来串门儿的呀
怎么也不能泥牛入海无消息

想雨，离开了火焰山我还在想雨
想雨想得我嘴唇干裂
下雨了，下雨了
同行的伙伴们在欢呼
是在下雨，先是淅淅沥沥
后是飘泼一般，火车车窗
被打得啪啪作响
我的眼里几乎要涌出泪水
事实告诉我，火车正行驶在河北地界
雨呀，雨呀，你为什么不肯西移
往西一点儿，再往西一点儿
往吐鲁番那里去，往火焰山那里去

我知道这是我的一厢情愿
雨呀，雨呀
你这不善解人意的东西

黄继光

据说
你的胸膛
最后像蜂窝煤
不，蜂窝煤
没有那么百孔千疮

据说
你的衣服和肉体
都燃烧起来
发出熊熊火光
战友们的心被烧疼了
战友们的眼睛被烧疼了
那撕心裂肺的
冲锋号
都吓跑了太阳

自从有了你的壮举
战士这个名称
攀升到难以企及的高度
甚至凶恶的敌人

就是通过你
认识了中国
认识了东方

前几天
报纸上登出了你的遗像
你的尸体
立在大树旁
有人说不是你
有人说像你
总之
画面上的你死得悲壮

不管是不是你
有人想起你
这就很不容易
今天的人总是愿意遗忘

应当让后代们永远记着
为了你们的生活
花一般灿烂
有人曾经用胸膛
挡过机枪

董存瑞

你托起炸药包的姿势
真的很美
可美得让人心碎
谁都知道紧跟着的
就是你的一去不回
一去不回的
还有那万恶的碉堡
在你高举的手臂下
变成死灰

这是电影里的镜头
真实的你
姿势不一定很美
可那座桥
真的被你炸了
你的死
就显得纯粹

于是
人们认可了张良的姿势

那就是你的姿势
当祖国和人民
需要的时候
就应当视死如归

渣滓洞集中营

到歌乐山
没有心思去看风景
急于想去看的
就是渣滓洞集中营

捧着一颗心来
带着万分崇敬
在老虎凳前
一阵阵寒战
在竹签子面前
一阵阵心疼

虽说是绝对的真实
但却恍如梦境
总觉得像一个神话
一切都不曾发生

看看墙上的血迹
已经红得变黑
读读墙上的诗句

每个字都迸着火星
这些比钢铁还坚硬的人
似乎已在世上绝种

隔门望望
他们用过的厕所
忽然感到一切
真实起来
他们是普通人
但他们是英雄

雷锋和春风一同走来

有些名字永远是垃圾遗臭千载
有些名字永远是鲜花香飘万代
来了，翘首以盼的春风
来了，笑容满面的雷锋
美和美相约着叩动人们的心怀

雷锋为了不让我们陌生
每年都和春风一同走来
一同去柳梢装点新绿
一同去原野催促花开
风筝的快活里有雷锋的快活
江河的豪迈里有雷锋的豪迈
雷锋含笑在春风里
给多情的三月
增添了浪漫的节拍

雷锋，一个多么熟悉的名字
曾经温暖过一个时代
他不仅仅属于工地上
那推砖时的背影

也不仅仅属于风雨夜

那亲人般的关怀

他不仅仅属于螺丝钉

那一点点精神

也不仅仅属于方向盘上

劳碌的风采

而是一个伟大民族的良心

在历史的天平上

默默地存在

他永远的二十二岁呀

堪称真正地活过

使一切苟活者都显得苍白

雷锋为了不过多地打扰我们

每年都和春风一同走来

他唯恐他那执着的追求

已被今日物欲的流沙掩埋

是的，他不会阻止出租车的轮子

向前疾驶

当然也不会让摇滚乐队

失去应有的欢快

他永远会和春风一起飘舞着

让春天多一些色彩

他同时也会和春风一起呼啸着
荡涤着不应有的尘埃
他的战友徐洪刚、苏宁、李向群
已使他不朽的精神长盛不衰

几十年过去
岁月留下几多感慨
数度春风使万里江山桃红李白
雷锋和春风有着共同的心愿
迎来了春天就赢得了未来

突然，我发现了几只小鸟

在一大片草原不是尽头的尽头
屹立着比天安门还雄壮的国门
在国门附近并不高大的界碑旁
我和同伴们在轮番着合影
表情很僵硬，心情很复杂
我说不清这个影像将代表着什么
往界碑那边望一望，也是和这面连接的草原
草也是绿色的，并且长得都一样高
可我知道，我的双脚再也不能前进一步
唯一合法的也是可行的就是往对面投去目光
突然，我发现了几只小鸟，认出了它们就是麻雀
在界碑的这边和那边无顾忌地飞着
它们只认识相同的草原，不认识界碑
它们的叫声哪边的人都听不懂，它们自得其乐
这场面叫我想说什么又说不出什么
有点儿羡慕它们，又觉得不大对头
这又使我想起了在某界碑间来往的东北虎
它们和这些小鸟一样，只知道大自然是它们的家
它们不懂人类的事情，它们显得很从容

我想做一点儿过格的事儿，我向那边
使劲地吐了一口唾沫，不是想污损谁，是想
通过我的一点儿小小的聪明，代替我的
腿脚干一点儿做不到的事情。我还想，带一个
弹弓就好了，可以将一枚石子送往更远的地方
让那枚石子永远在那儿歇着，听着风，听着雨

骆驼祭

一想起鸣沙山，我就想起骆驼
想起骆驼就想起它的沉默
我听过马嘶，听过狮吼
当然也听过驴子的仰天长啸
唯独骆驼，我都没有听到它一声微弱的叹息
骑在它的背上，只能感受到它步履的沉重
坚硬的蹄子踩着松软的沙子，如同
踩在棉花堆上，它的前进里不能不掺着后退
向前，只能向前，引骆驼的女子牵引着它们
它们的宿命就是行走，而且是在大沙漠中间

看那威武的驼队多么壮观呐
随便照下来就是一幅图画
我还将这一场景收入我的书中
配上小诗由衷地赞美。可是有一天
我从报上得知，鸣沙山上的骆驼累死了好几只
我没有亲眼看到那一幕，但我能想象出那凄惨
那庞大的身躯倒下去时一定像一棵大树
它会把沙子砸得四处飞扬
把伙伴的足迹和自己的足迹砸得粉碎

到死都沉默，它不会发出一声呐喊
它不会怨天尤人，更不会提什么抗议
坚持不住了就倒下去，倒下去也许是最好的休息

我有着深深的自责来写这篇骆驼祭
我在鸣沙山曾骑着骆驼逛了一个多小时
不知道死的那几只骆驼里有没有我
骑过的那一只，也许是我造成的累加上别人的累
使它最终没能逃脱一死。沉默的骆驼
你可以沉默，但我不想沉默，我想呼吁
让你们歇一歇，但我的呼吁远水不解近渴
况且由于我的人微，言语也势必轻弱
游客那么多，只有骆驼能带来效益
如之奈何，如之奈何，这是骆驼的悲歌
也是我的悲歌

汽车

长春
是一座奔跑的城市
汽车是她的名片
一九五六年的那个夏天
至今还能感受震撼
几亿人一起睁大眼睛
争睹中国人自己造的
解放牌汽车
走出摇篮

长春，长春
那天的长春彻夜狂欢
中国，中国
不亚于发射了一颗原子弹
几百年的向往啊
几代人的夙愿
在长春这片土地上
一朝梦圆

解放车载着绿色的风

江南塞北传春讯
把绿洲送给沙漠
把丰饶送给荒原
一个老牛破车的国度
开始在轮子上飞旋

今日的长春一汽
已出车千万
千万辆汽车
汇成滔滔巨澜

长春没有长江
长春没有黄河
长春人的胸怀
比大海更宽

电影

长春
是一座很北的城市
北得有些人找不着
找不着不要急
到电影屏幕上去找
你会惊奇地发现
长春
你吸过她的乳汁

那是漆黑的夜里
星星都睡着了
可你和同伴
却在深一脚浅一脚地赶路
仿佛有天大的喜事
在前面等着
你心灵的天空
升起彩虹
我们村里的年轻人
也许就有你的故事
五朵金花

开在屏幕上

却缤纷了你青春的梦

董存瑞

炸掉碉堡的--瞬间

你觉得自己

突然长高

艺术的力量

使你不能自已

平原游击队

开国大典

蒋筑英

任长霞……

直到今天

长影还在无私地哺育

长春

新中国电影的摇篮

我们都是她的孩子

君子兰

长春
是一座很冷的城市
春天一点儿也不长
迎春花比昙花
坚持不了多久
就凋在夏天的怀里
杨花和柳絮
刚撒欢儿几天
就被纷扬的雪花替代

君子兰
一种有好听名字的花
在长春人的阳台上
延长着春天

油油的叶子
绿得像翡翠
红红的花朵
似火炬在燃烧
富贵吉祥

幸福美满
望着盛开的君子兰
就会联想起这些
美丽的字眼儿

长春人送礼
不送脑白金
而是将君子兰
纸儿包纸儿裹
赠予最亲近的人

这片土地
当然也生长君子
风靡全国的欣月童话
就是最好的证明

净月潭情思

杭州有西湖，无锡有太湖
我们长春有绝美的净月潭
每年我都会揣着思念
一次次来到她的身边
有时是坐在车上转着圈儿地看她
有时是躺在草地上冲着蓝天呆呆地想她
有时是伴着清幽的月色静静地听她
有时是登上塔楼默默地观她
我爱这潭边的每一株树，树下的每一棵草
草上的每一滴露珠，露珠的每一次颤动
我爱这潭里时时溜进去的明月
以及明月漾起的片片涟漪
还有片片涟漪绽开的笑纹
一个诗人和一潭水如此的不可分离
一座城市被一潭水滋润得花容月貌

三十二年前，我和这座城市的一个女儿
正在热恋，这座北方之城没有三月的江南
只有这一潭水以及她身边绿也绿不尽的树木
我们在她的岸边拉着手，也时不时地用她

当镜子照一照，未婚妻额前的刘海儿
在微风中一颤一颤的，我的不驯服的长发
在微风中一飘一飘的。接着，我们就接吻
一潭水把两个人变成了一个人，未婚妻
在我的怀抱里，我们在这个潭的怀抱里
这一潭子酒，我们一口没喝就醉了

比三十二年前还早的时候，我们
在这个潭的周边植过树
敲锣打鼓一清早就出发。公家给每个人
带上面包和香肠，坐着车子来到这里
种树的时候还有广播动员，还有歌颂植树的
诗朗诵，暖洋洋的山坡上不光有成行的
新植的小树，也洒满了我们的歌声和笑声

现在想起，有很多节日也都是在这潭边度过的
有一年"七一"党的生日我们在潭边还重温过入党誓词
当然会议之后也喝一些啤酒，让节日过得更加实在
有一年记者节我们也狂欢在这潭边
尽管已是落木萧萧，可另有一番韵致
还有无数次的聚会都是在这潭边
已经记不清是什么由头，有一点是毋庸置疑的
欢乐的时刻我们会来这里，来到这里我们就欢乐

其实，我们没有几个人分得清落叶松针叶松

也只认得松鼠野兔等几种动物

对这个潭以及潭内的广袤的森林，我们仍然

感到有几分神秘。但这一点儿也不妨碍我们对她的爱

我们知道她比台湾的日月潭小一点点

可离我们近得不是一点点，她就在我们身旁

在我们的生活里，我们热爱我们的城市

就不能不热爱她

是她让我们爱得厚重如山

是她让我们活得明净如水

为一条大街歌唱

那是二十世纪七十年代的一个初春
我站在斯大林大街北端的广场上
一身尘土一副沉重的行囊
急切地等着一辆车载我去工农广场
坐在车厢里，我的心小鹿般跳动
驰名中外的大街呀，我终于贴在了你的胸脯上
让我的耳朵听个够吧
你的车流和人流组成的喧响
让我的眼睛看个够吧
你的繁华，你的宽广，你的匆忙
那天夜里，我们这些来自乡间的学子
仍旧抑制不住谜一般的渴望
斯大林大街上光华灿烂的灯火
激动得我们把脚步轻放再轻放
这条大街呀，像一条长长的金丝带
牵着我们向梦想飞翔

三十多年过去了，长春已成为我的家乡
可每次走在这条大街上，还是觉得热血撞击胸膛
望着街旁的红楼绿柳总想蘸着朝霞写几行诗句

目睹道边的白雪青松总想向着太阳张开臂膀
一百年了，你这条熟悉而又不熟悉的大街
曾承载过多少岁月的风雨，人世的苍凉
改过多少次名字，唯有你的痴心不改
载着一座蓬勃的城市走向和谐走向富强

一百年，一条大街，就是一条长长的录音带
历史的波涛、时代的飓风在隆隆地回响
日寇的铁蹄曾给过你无情的践踏
你的筋骨你的血肉都饱受创伤
可你总是把所有的苦难都揽在怀里
用默默的坚忍延伸着人民的希望
日本鬼子投降、伪满洲国垮台
连天的鞭炮替你倾诉着衷肠
长春解放，中华人民共和国成立
鲜红的旗帜帮你抒发着欢畅
解放牌汽车坚实的轮迹使你意气风发
红旗轿车的嘹亮笛声使你心花怒放
毛泽东、周恩来、邓小平，无数伟人的身影
在你坦坦荡荡的街面儿上依然闪耀着光芒

一百年，一条大街，诠释着执着和坚强
你的每一分每一秒都在为崇高的使命奔忙

振兴东北、振兴长春，多么重的担子
你像长春人一样总是挺着刚劲的脊梁
你用宽大的肺叶和世界一起呼吸
使长春的身高向上再向上
你用粗大的手掌举起长春的金钥匙
打开胜利之门，迎来崭新的阳光

一百年，一条大街，就是我们的白发亲娘
你用甘甜的乳汁哺育这座城市成长
作为你的子孙，我们将永远依偎在你的身旁
一边幸福地劳作，一边为你歌唱
携一缕清风，在你的街面儿上远眺
让你的英姿在我们的心中延长再延长
披一身阳光，在你的街面儿上起舞
让你的明天在这片土地上辉煌再辉煌
人民大街呀，我们永远为你祝福
长春人民将在这里创造人间天堂